Puede consultar nuestro catálogo en www.picarona.net

MIMI USA EL ORINAL
Texto: *Yih-Fen Chou*
Ilustraciones: *Chih-Yuan Chen*

Primera edición: septiembre 2016

Título original: *Mimi goes potty*

Traducción: *Joana Delgado*
Maquetación: *Isabel Estrada*
Corrección: *Sara Moreno*

© 2011, Yih-Fen Chou
(Reservados todos los derechos)
© 2011, Chih-Yuan Chen
Publicado por acuerdo con Heryin Books Inc.
© 2016, Ediciones Obelisco, S. L.
www.edicionesobelisco.com
(Reservados los derechos para la lengua española)

Edita: Picarona, sello infantil de Ediciones Obelisco, S. L.
Pere IV, 78 (Edif. Pedro IV) 3.ª planta 5.ª puerta
08005 Barcelona - España
Tel. 93 309 85 25 - Fax 93 309 85 23
E-mail: picarona@picarona.net

ISBN: 978-84-16648-59-7
Depósito Legal: B-13.715-2016

Printed in Spain

Impreso en España por ANMAN, Gràfiques del Vallès, S. L.
C/ Llobateres, 16-18, Tallers 7 - Nau 10. Polígono Industrial Santiga.
08210 - Barberà del Vallès (Barcelona)

mimi
usa el orinal

Texto: **Yih-Fen Chou**

Ilustraciones: **Chih-Yuan Chen**

 Picarona

mimi monta una torre con piezas de construcción...

… pero, sin ni siquiera darse cuenta,
¡se hace pis encima!

¡Uy, aaay!

Jojo, el perrito de **mimi**,
resbala en el charco del suelo
y ¡se cae de espaldas!

mimi y Mami
van al parque.

mimi ve una manguera con agua y ¡siente ganas de hacer pis!

Pero antes de poder avisar a Mami, se le escapa otra vez el pis.

Y ahora se ha mojado
incluso el tobogán.

Mami le compra
un orinalito.

mimi lo usa como camita para Bunny. No quiere sentarse en él, tiene miedo de ensuciar «la cama» de Bunny.

Mami pide ayuda a Bunny,
y le da de beber mucha agua.

Después dice: «¡Bunny quiere hacer pis!».

mimi ayuda a Bunny con los pantalones.

Bunny se sienta en el orinal.

«¡Bravooo! ¡Has hecho pis en el orinal!».

«¡Yo también quiero hacer pis!».

Pero **mimi** no aguanta mucho tiempo allí.

Al minuto siguiente empieza a perseguir a Jojo, y un minuto después va a espiar al cartero.

«Me pregunto qué habrá en este paquete», piensa.

¡**mimi** no ha hecho pis en el orinal ni una sola vez!

La abuela dice a Mami: «Quizás **mimi** no esté aún preparada, puede que necesite más tiempo».

Pasan las semanas y los meses.
mimi usa pañales cada día.
Juega contenta. Nadie le pide
que se siente en el orinal.

Un día, **mimi** dice a Mami:
«¡Léeme un cuento!».
Ahora **mimi** ya sabe decir
qué es lo
que quiere.

Un libro,

dos libros,

tres libros.

Cuando Mami acaba
de leerle el tercer libro,
La historia del orinal,
miMi va corriendo
en busca del orinal.

«¡He hecho pis
en el orinal!».

Mami le aplaude.
«¡Muy bien, **mimi**!», dice
con una gran sonrisa.

Ahora **mimi** ya sabe usar el orinal.

¡Y le encanta
que Mami le lea
La historia del orinal!